風招

kazaogi

岡田隆

港の人

風招

春ちゃんと
謙さんに

風招 *kazaogi* 目次

日の移ろい

メランコリア

表紙絵
C・D・フリードリヒ「海辺の僧」（一八〇八－一〇）
『ドイツ・ロマン派画集』国書刊行会 一九八五年

この日頃

隠されて

鍾乳洞に迷う
幾万年の造山と褶曲の
地中に空いた造化の片隅で
現れぬままの石胎を想う

現れることで隠されるものがある
現れなければ出合うこともなかったが
現れることで無窮の眠りが開かれ
現れるまえの秘蔵の重なりが隠される

描いては色に染める
現れたものと向かい合い
実物を目の当たり
描かれなかったものが隠される

殺めることで隠される
殺めることが出会いの形であったか
殺めることで無間の闇が開かれ
殺めるまえの苦境の重なりが隠される

歌をうたう
調べは楽音の摂理に運ばれ
風の中に言葉たちが流れる
吹いてきた虚空が隠される

生まれることで隠されるものはないか
生まれなければ出逢うこともなかったが
生まれることで無明が現れ
生まれるまえの死後の願いが隠される

*

追ってはならない
待つほかはない

夢の尻尾を見逃がし
後ろ手も開かれぬまま
逸らし見る眼を引き戻し

目覚めればここに
待ちぼうけてもかなわず
歩きだすほかはない

抱えているもののあるやなしや
やがてゆっくりと
空っぽの触りに風が吹く

運んでいたはずが
運ばれて　いつしか
見知らぬ死者たちの想い出されて
待たれていたのか
過ぎるのはこちらの岸辺

喪失の記憶を取り落し
到来の予感を断たれて
間《あわい》にて
待つほかはない

*

それなくしては現れず
現れはそれを隠す
眼は色を映し光が隠される
耳は音を聞き沈黙が隠される

言葉は何を隠すのか
発語に隠されるものは何か
それなくしては現れぬもの

生きることで隠されつづけ
死がそれを開くとすれば
死の死が開くものは何か
種の中に眠るものは何か
現れる生に隠されるものは何か

四月

人の死はすべからく餓死ではなかろうか
と思いながら　さて
このまま眠り死にたい夜もある

焼尽　いや　吾ガ事に
精進したい思いの久しくも
はて　何をどう思案すればいいのやら
皆目見当のつかない花冷えの頃である

鳥たちは

夕暮　鳥たちが帰って来る
整備された市街地の植樹に
十羽二十羽の群が
あちらからこちらから
枝葉の中に消えてゆく
梢から　やがて小枝も撓む頃
かまびすしい声も鎮まり

鳥たちは何処で死ぬのだろう
千羽万羽の群は　何処で

その骸《むくろ》を見たことがない

鳥は落ちる
空と木に宿っていたものたちの
地に引かれ　吸い込まれ

形あるものが形あるものに当たる
天と地が分たれてよりこのかた
物は物に当たりつづけてやまず
鳥たちは死につづけ生きつづけ

大地が先にあるわけではない
見えなかったものから共に現れ
火から風　水から地へと骸を残す

頭を頂き背骨を立てて歩く人も
飛ぶ鳥　泳ぐ魚　地を這う蛇と
共に現れ　骸を残し　地に帰る

骸は袋　抜殻は等しく
等しいものが去ったのちは
さて　何が何処に帰るのやら

夕映えも遠くひろがり
金星には二日の月
またしても夜の始まり
帰巣にはまだまだ早い

蛙を踏む

音のない柔らかな感触に
立ち止まり屈んで見れば
白々と潰れた一匹の蛙であった

下駄履きでなければ
アスファルトでなければ
畦道をサンダル履きであったなら

急ぎ足が禍したのか
持ち上げて　運んで　降ろす

左見右見《とみこうみ》　いつもの歩みであったなら
事なく跳ねて過ぎていたものを

目的地と時刻は景色を殺す
向かうべき点は道のりを遠くし
定められた点は秒針を走らせる

高速の閉塞空間に映る景色は
富士山だとてのっぺり
息づく風や熱や湿り気や
移ろう時間の浸潤あってこその情景
だがしかし潰れた蛙に何の関係があるか

舗装路で土に戻れぬまま天日に炙られるか
傍らには用水流れ　水のものは水に返せ

放れば魚に喰われもしよう

日々知らぬまま踏み潰し踏み殺し
夜を眠り朝を迎える者もまた踏まれるか
塵に戻ることのできる塵でありうるか
歓びの中　帰り往く河は流れているか

虹と蛇

超え出たいのは山々なれど
歌えぬを歌にできようはずもない

虹が立つ
灰白の冬空
朝の時雨に
虹が立つ

走る車の窓から
駐車停車もままならず

歩くほかない昔日ならば
誰もがゆっくりと仰いだ空に
同じ虹を眺めいるのは何人
何かを思い出しているのは幾人
虹を蛇と読み違えてきたものだ

虹の中は遠く明るく
入口とも出口とも
追っても届かぬ向うの景色
蛇がまぁるく尻尾を嚙めば
ウロボロス　永遠の徴が現れる

ゲーテの「メルヒェン」の緑の蛇は
鬼火の散らした黄金を喰らい
真昼には透明な碧玉の橋

夜明けには輝く光の橋と化す

歌えぬを歌おうとすることの愚かしさ
直立する蛇
固まった虹
メタにシュール
超え出たいのは山々なれど
歌えぬときは黙して歩け
蛇に出くわすか
虹に襲われるか
この身の外へ
架かる景色を待ちながら

人は

生まれてはみたものの　さて
ボクは一体何になるんだろう
夜空を仰いだ少年の　やがて
一体オレはどうなるんだろう
暗く苦く苛む青年に　かくて

何がどうなってのことなのか
こんなになってしまって　と
酔狂に渉る足下の　過ぎては

何がどうあれ　さるからさぞ

こんなこともあろうか
映す水面《みなも》に影は揺れて
ただそれだけのことさ
波紋の薄く消えがてに

こんなはずではない　はずと
探してみても見あたらず　はて
たったこれだけ　これだけのこと
はいそれまでよ　まではまだまだの

生まれてはきたものの　はて

そこなう

禁点に硬結が出ると四日目に死ぬ
―この人は四日で死ぬ
評判になった野口晴哉少年の
後には治療を捨てたところに整体術がある

硬結を解いてしまったという
その道の達人に尋ねたことがある
―生きのびるのですか
―死にぞこなうのです

問わず語りに辿られる
その後の人の苦難の歳月
生き延びるとは
死に損なうこと

さしづめ現代の医療機関は
死にぞこない製造所でもあるか
病床にはゾンビさながら
明日のぼくたちが縛りつけられている

—この死にぞこない！
と叫ばれたことがある
なかなかもって的確な悪態に
苦く笑うほかはなかった

生きぞこない
とは言わない　何故か
生きるとは　即ち
日々損ない続けることであるからか

生れてこの方
損ない続けているのであらばこそ
ちゃんと死んでゆける
その死を妨げてはならない
事のついでに言っておく
俺をちゃんと死なせてくれ

贈物

—怒りを沈着への朝焼けに
と　賢者の言に読む

物心ついてよりこの方
怒りつづけてきた男は考える
怒髪に焼けた天辺に汗を滲ませ

怒りは　ではなく
沈着の　でもない
何が朝焼けに変えるのか

怒りは沈着の朝焼け―
ならば人類はすべからく
何時かは冷静になるのだろうが
問題はしかし人類などではなく
日々瑣末事に逆上する瞬間湯沸し器である
寛容で穏やかであることからは遙かに遠く
朝焼けは星からの贈物ではなかろうか　と

ドイツ語を習い始めた頃 Gift を「贈物」と訳して首をひねった
辞典を引けば「毒」と記載されており話はつながった
白雪姫への贈物は魔女の毒林檎　と記憶した
慣れた頃 giften という動詞に当たり「毒を盛る」と訳して首をひねった
辞典には他動詞「怒らせる」sich giften「怒る」とあり　なるほど
怒るとは自らに毒を盛ることであったかと得心した

怒りに駆られて自ら毒を喰らい内も外も焼野原である
拉し去られて己はいない　のであればオレが悪いのではない
焼け出されて呆然　となればオレもまた犠牲者なのだ　と
身勝手な開き直りに煽られて炎上また炎上
外からは笑えもするが燃え尽きるまでは焔の真只中

―怒りを自立と無私の先触れに
と　賢者はさらに言う
拉し去られて私《わたくし》不在　そこに
無私へと自分を立たせる先触れとは
怒ったなら立って服毒せよ　と言われているような―

母の舌

盲　聾　唖
いずれも三文字
ルビを振るのは御法度
それがしかし記されざる一行目
いや　その向こうに生きている多くの
今はもう発語されざる言葉たちの犇めき
それが始まりの零行目だ

日常語であったそれらが
危うい言葉であると知ったのは成人してからのこと

かまわず使い続けもしていたが
放送禁止用語という語の波及がそれを囲繞した

「言語とは概念と記号の心理的な結びつきである」
百年前『一般言語学講義』でソシュールは語る
「言語は集団的な心の中にある」と
言語学の対象を定義し個人的な発話から切り離す

問題は個人的な発話の中にある
日本国憲法に謳われた自由権
「思想・良心の自由」とも「表現の自由」とも別問題
それらの言葉自体をなかったことにする方向　あるいは
放送禁止用語というものは存在しないにもかかわらず
存在するという矛盾した実態とも無関係

外からの囲繞と見えた言葉狩りが内部でも始まる
使われないことによって死語となりうるのか
消すことのできない死体ほど厄介なものはない
形がなければ寸断することも食うこともできないのだ

鳴かない蟬を捕まえた時に聞いた
唖に振る三文字
それは母の舌だ
母の母の舌からの
そのまた母の舌からの
その舌を切り落とすことはできない
「母国語」についての話ではない
舌が疼き　言葉たちが騒ぐのだ
思うさま叫び出したいと
山頂から放たれる声のように

誰彼に向ってではなく　意味もなく
ただ声となって出て行きたいのだと

声となり過ぎ去ったとて
解き放たれた天邪鬼の喜びともならず
それら牙を生やして産まれ伝えられた
言葉の鬼子たち
伝えまいとすると反って活き活き
歪んだ笑いに舌なめずりまで招き
見れば現れる毒色の幽鬼の群
いっそ百鬼夜行に仕立て上げれば
「原作者の意図を尊重して」など
断りが付されることで済まされるのか　どうか
糺すことより遥かに根深い死者たちの財宝は
抜き差しならぬ妣《はは》たちの舌なのだ

地上にて

食って寝て出して
番い夢見て過ぎる
人間の在りようの
生と欲望　己と外界
感覚と物　地水火風
山川草木　鳥獣虫魚
自然と　この何者か
ほかの生息形態はないものかと
知情意　思考感情意志のほかに
相渉る形はないものかと

歯噛みした日々もあり
反自然とも見えるものの
これもまた自然なのか
食って寝て出して
番い夢見て過ぎた

地上換算十月十日
宇宙創世を生きる不可思議の誕生
無時間の万能の彼方から楽園経由
叡智の形在らしめよ
何処の誰でもない者の地上降下だ

春夏秋冬　四季が巡り
やがて　この俺である

陽が昇り雲が流れ風が吹く
雨が降り虫が鳴き虹が立つ
空と山が川面に映り鳥が渡る
夕焼けに星が瞬き日が暮れる
移ろう花と七日七日の月の満ち欠け
ままならぬ内部事情と人の縁
何をしにやって来たのやら
死ぬほかに　さて

直立し　話し　歩き
見て聞いて
書いて聴いて歌った
抱かれて抱いて
十悪をなし悔いもせず
いまだこの俺である

あらわれ

甦生

底の底にて肺魚と出合う
光透ける水の中を
ゆっくり沈んでいたはずが
今は薄闇の岩間に横たわる

傍らには黒々と
身の丈ほどの肺魚が眠り
鱗に熱が照り返る

ぞっとして　またここにいる
身動きならず
静かな魚の息に重なる

目覚める　とは
別の眼が開くこと
開いた時はもう遅い
底の底にて肺魚と出合う

水と瞳

水際に降りてくるものがある
渇いた喉をうるおすのか
かすめ　また飛び去ってゆく

笑い声が散り
花びらが波にゆれる
いつかまた　見知らぬところ

したたるしずく
こだまことだま*

うらがえるゆめ

そこは終わり　そして始まり
流れる月日に皺は深まり
果てしない波紋のような眼がひらく

夕間暮れ　たたずむ影がにじむ
消えがての光り　沈む香り
泉に映える　秘められた木霊

＊宇部市在住の詩人竹原よしえさんの作品「そらみみ」の中の一行「ことば　ことのは　こだま　ことだま」から響いてきました。「そらみみ」は一九九五年の中也生誕祭の壇上、山口市野外音楽堂にて、ご本人によって朗読されました(第一回中原中也朗読詩大賞一般部門受賞作)。その後、詩集『ソラノムネ』(一九九九年本多企画)に収録されています。

繭

死者
夜ごとの死者
眠れる人をつつむ
夢の繭

蝶
年ごとの蝶
眠れる蛹から
虚空へ羽ばたく化身

草　緑なす炎を食み
糸　光織る一筋の城
虫　夢見る精虫の夜

往く者
彼岸へ往ける者
悦びの繭を紡ぎ
幾たびも死に目覚めるもの

舞い昇る蝶
夜ごと蛹から
背を裂き咲き出でる
魂の夢

舞い戻る死者
悦びの繭を裂き
咲き出でる花
光　凍る風の燦爛

あなたへ

ひとりみちたりている
みちたりていたな
と　きづく

なにもいらない
だれもいらない
と　うなずくよりまえ

じぶんもいない
いらなかったのだ

と　なぞるよりまえ

うまれるよりまえ
いつのころからか
あなたもいない

人といることの
過剰と欠乏
にげだして
かたわらに
よりそう影をみたりする

死者といることの
やさしさやわらかさ
おおきな穴のなかのやすらぎ

風がめぐり
水みたされて
ひとりではない
みちたりていたな
と　きづく

あなたなの
と　といかけるよりまえ
いつのころからか
わたしもいない

弓

星を抱く三日月の　はや
今宵　星に追い抜かれ
乳白の弧を開く
半月　左手《ゆんで》に弓

しなり　音たてて放たれる矢
ふるえる弦　うなる風
炎はこぶ一矢《いっし》

遠い的が招く

風の道を裂き
奥へ　闇の奥へ

突き刺さる響き
歌うたう竪琴
声が洩れる

しなる弓
かさなる的と火と息と
夜を切り裂く声と
放たれた一矢に
星が落ちる

愛撫

いつ　どこからきたのだろう
わたしにはわからない

この丘に舞い降り
謎をうたい人を食い殺す

一つの声をもち
朝に四つ足
昼に二つ足
夜に三つ足

ここにいて
謎をかけ
ただ食い殺し
ついぞおもったことのない
いつ
どこから

　やわらかな肌
　あたたかい血

ひとりの若者があらわれ
謎をとく
頬をよせ
わたしは知った

なぜここにきたのかを
まっていたわたしじしんを

若者はいまだ道のりの半ば
三叉の隘路にて
父親を殺したばかり

アポロンの同じ託宣で
棄てられた子が
このテバイへ逃れくる途中

この門をくぐり
待ちかまえている
残りの道のりを果たすようにと
わたしは謎をかける

手には使者の杖
己れの崖へ向かう
その眼の遠いこと
わたしとてふたなり
女の顔に獅子の体
若者の名はオイディプス
その徴は腫れた踵
わたしはその足を舐めるだろう
曲爪に肉を裂き血を舐めたその舌で
やがて翼は失われ
もう舞い昇ることはできぬとしても

わたしはこのひとのなかにきえる
なぞはなぞのまま熟れるときをまつ

きこえてくるものがある
眼を閉じて
あなたのなかの二重の呪いに
わたしは耳をすます
やわらかな肌
あたたかい血
首筋をひきよせる
あなたの愛撫に
頬をよせ　恍惚として

或る感情が先にあり、クノップフの「愛撫」が呼び起こされ、
ソフォクレスの「オイディプス王」にまで運ばれました。

零《ゼロ》

零は零に還る
美しい円環
零を捩じる
∞
永遠に戻る
捩じれの瞬間
天と地と
美しい蛇の顎《あぎと》
内部は無限
振出しに戻る

光る花

ひろがりに風が立つ
投ぜられた向こうの
何処からやって来るのか
内から外へと
夕暮れから未明へと
投ぜられた種の
そこでのみひろがる

明るみに照らされて
風の吹き来る方へと
こちらから
初々しく及んでゆく　潤い
達することが帰ることである
すでにしてあらかじめ
散り果てた一輪の花

香り

一日なのか
百年なのか
あやめなく
随分と歩き
眠りの果て
荒涼として
吹き渡る風

一輪の花の
さゆらぎに
ぬくもりの
とけて溢れ
百年は一日
沙漠ぬらす
雌蕊の香り

日の移ろい

針《ピン》を立てる

いつしか葉桜
揺れる花水木
激しく降りこめた穀雨の明日
瑞々しい緑に濡れて

暗い春を過ぎ
いつしかここへ
急かされるように
あるいはまた易々と

陽を浴び
水の音の傍ら
鳥の声を聴きながら

針を立てる
流れには立たぬ針を
辛うじて　ここに

蛇

花も散り、畦に緑の萌えいづる頃、不意の一行が口を突いた。

―近頃　蛇を見ない
調べとも抑揚とも、何か次へと開かれる響きを覚えたが、続く景色もなく、虚しく畦を往き来した。

七月も終わりであった。またしても同じ一行を抱くままに、おそろしいような夕焼けが始まっていた。

仰いでは、刻々と移ろう夕映え、空と雲と風と、綾なす光の変容に呆然と見惚れていた。

振り返った東の空には、九日の月が薄紅色の雲に滲んでいる。

道を急がんと眼を落とした瞬間、声が洩れた。

―おゝ　そこにいたか
首をもたげた蛇と眼が合った。数瞬と云うには永過ぎる凝固と凝視。まだ若い縞蛇の口には、蛙が白い腹を見せており、その間二度ばかり声を放った。
空から落ちた眼と、獲物に喰いついた直後が出喰わした。
やがて、落とした鎌首と、くねる蛇体に奪われた。

蛇と語らう奇妙な情景を見ていた。その口から一旦蛙を外して語らうには、蛇は手を持たないのであった。

―近頃　蛇を見ない
詩へ向かう一行を失った。蛇が現れ言葉を虚しく失った。

蛇に言葉が解き放たれた。詩は何処にあるか。

言葉を失くしはしたものの一行のリズムばかりが消え残る。

「蛇」に換わる一語を歩調に探り「月」に当たる。

同じ響きを秘めながら、意味の薄さに行が倒れる。
夜ごと満ち欠けする月は蛇ほどの空白を穿ち得ないのか。
見ないが故にこそ立ち現れる蛇と、現れたが故に言葉を奪う蛇
と、内と外とが出喰わし、諸共に互を見出し消えてゆく。
瞬間に宿る火花。詩は何処にあるか。
言葉に宿る蛇に似たもの、蛇に宿る言葉に似たもの、誰でもな
い者と、一匹の、すべての蛇は蛇。

夕映えはうねる蛇体の消え残り

夜ごと

驟雨のように眠る
先端が　遠く遠く
瞳の中の瞳を貫き

何も言わない
何も知らない
死者の中の光

満ち足りている
死に足りている

栗の花

夜のしめり
風にはなまめく匂い
やがてぽつりと大粒の雨
腰をあげ　傘を差し
下駄の音も濡れて

この街を　この路地を
この川筋を
ずっと歩いていたような

歩きつづけてきたような
その時々に抱えていたものを
手繰り返してはみるものの

夜は雨に沈み
風はすでに絶えた
その闇を縫って
栗の花の下
胸苦しい匂いの中に宿る

のらへ

逃げるのか　猫
今宵近づかぬ
おまえの霊妙な感度
けれど猫
おまえが喉を鳴らせば
薔薇色の眠りに朝を迎える
そんな夜盗もいるだろう
だから猫
柔らかく凍りついたまま
そこにいろ

振向く寸前
翻る寸前の隔たりで
逃げるなよ　猫
鳴らしたい喉を秘めながら
すりよるぬくもりをおぼえながら
また離れることの潔癖を
ただ見つめあう眼と眼には
半欠けの月が宿り
逃げるのか　猫
夜はまだ明けぬというのに
ひとり遊びにはながいというのに
帰るのか　猫
おまえのやってきたその野良へ

或る日

思うような日がある
物事すべてがうまく収まるような

はからずも　ではなく
かくあれと　念じていたかのように
今日がその日であったかと
知れるのは過ぎてのこと

あらかじめ知りようもなく

かくあれと先走り段取りながら
終にことごとくを踏みはずす
そのような日が幾重にも苦笑う

それもまた然り
というほかはない

このような一日を
たまさか恵まれてあれば

また或る日

抜き身でいることは
ギラギラと迷惑千万
剝き身でいることは
ヒリヒリと失礼至極
鞘におさまる静けさと

殻に守られる激しさと
ままならぬきょうの日

夜更けて散歩する刃と
ぬるりと宿を借る亀と
剣呑剣呑　出くわすな

冬の旅

朝靄がうつろう
ふいに鳥の声がたえると
黒い坂があらわれ
小さな景色がひろがる
一本《ひともと》の切り株に
立ち去った影が残る
やすらうやわらかな虚空

来る人をとどめ
もの思いをささえ
束の間　光につつまれて

行方知れず
去り行く影の連なり
またひとつ重なり　過ぎる
見えない峠　旅の途中

四季

秋

発熱の季節を過ぎ
水晶の朝に目覚める
遠くから運ばれる蟬の声
垂れた稲穂に風がわたる

群れ飛ぶ蜻蛉
去り行く燕
流れる水

花に蝶
渡る
蛇

泉が開かれ
歌が聞こえる
吹き入るものが
忘れられた園生を巡り
光に影がひろがる
空には雲流れ
ぽつねんと
晒される
窪みの
中の
石

冬

家が鳴りはじめる
二階から　やがて
一階の南側へ
太陽に照らされて
節々が目覚めてゆく

声が過ぎる
鵙《もず》が鳴き叫ぶ
飛行機が遠ざかる
雀が囀り追ってゆく

ここには
越し方もなければ行く末もない

辿る夢の尾に　いつしか
水底《みなそこ》に石を抱く
金の魚がゆらゆらと
古い骨を露わに
石に尾鰭を擦りつける

接すれば散る緑の火花
魚なのか石なのか
硬い音が一瞬水を凍らせる

潜む石英
魚は輝く城
骨と鉱物の発する音に
鱗が煌き　水が響く

太陽が昇り
家が鳴りはじめる
坐して目覚めれば
見えざる城　ここには
越し方もなければ行く末もない

春

切ない思いを想い出す
切ない　というのではなく

あくがれいづる

憧憬　それは
去りゆくものへの渇仰
追うことの
地にある者の渇き

そのことを憶い出す
焦がれ出でたるものの　ここにありせば
うらうらと照れる春日に

夏　あるいは死者たち

時折　父がやってくる
満面に笑みをたたえて
そそくさと影を脱ぎ

一言もしゃべることなく
黒い水に湯浴みする

生前　見ることのなかった笑顔で
折節　声を荒げていた父が
いそいそとやって来て
独り楽しげに沐浴している

—燗はええか
焚き口に揺れる炎を見つめながら
口に出せないでいる
その息子である

西方への旅

西方への旅

夢にリルケが現れる
―バルテュス…
並ぶ影から洩れてくる
―観ましたよ　回顧展
応えはしたものの
母国語が異なることに気づいて黙り込む

半時ばかり「美しい日々」の前でうっとり
少女のいる室内を想い描いていると
「ミツ」しか知らないあなたもうっとり顔である

なるほど
言葉での遣り取りはできないけれど
想い浮かべるものが交感するらしい
思いと感情が綯い交ぜに
心象を通して伝わってくる

ひそやかに笑いさざめく女たち
そうでしたね　あなたは
「愛の歌」が聴こえてきます　一九〇六年
ほら　三十一歳のあなたがカプリ島で歌った

どのようにぼくの心をとどめよう？
おまえの心に触れぬよう　どのように心を

おまえを越えて別のものに高めよう？
あゝ　それを何か失われたものの傍ら
暗いところに沈めたい
見知らぬ静かな場所に　おまえの深みが揺れたとて
もう揺らぐことのない場所に
けれどもすべて　おまえとぼくに触れるものは
ぼくたちを一緒にする　弓の一弾きのように
二本の弦から一つの声を奏でる
どんな楽器にぼくたちは張られているのだろう？
そうしてどんな弾き手がぼくたちをその手の中に？
おゝ　甘い歌よ

微笑むあなたの唇は大きく歪んで艶めかしい
ずいぶんと女たちを悦ばせた口だけど
後世には頭を抱え込ませた詩の口だ

去年は「一角獣を連れた貴婦人」まで来日しましたよ
タピスリーの一幅「味覚」の女を想い描く
こちらを向いたあなたの眼は大きく見開かれ
銀の鏡の中にはうっとりとした一角獣
「視覚」があなたのお気に入りでした
鏡　ナルチス　一角獣　ぼくの護符は
『オルフォイスへのソネット』五十五篇

つねに死んであれ　オイリュディケの中に―より歌いつつ昇れ
より讃えつつ戻れ　純粋な連関の中に
ここにあれ　消えゆく者たちの下　傾きの領域で
響いている一つのグラスであれ　すでに音たてて砕けゆく

在れ―そして知れ　同時に非在の条件を
限りないおまえの心の揺れの根底を
全き揺れを成し遂げるため　この一度限りの

再び見開かれた眼が誰かを想い出させる
白黒写真でしか見たことのない眼の
茶でも青でもなく　それは碧玉に似て
いつか口絵に見た熾天使のようなキルケゴール
おゝ　すべての天使は恐ろしい

あゝ　庭だ　おまえは
あゝ　そんな願いで庭を見る
一つの開かれた窓

別荘の―　おまえが歩みよって来たばかりの
私の方へ　もの思いに沈んで
路地を見出す―　おまえが今し通り過ぎたばかりの
そうして時には商人の店の鏡たち
まだおまえによって目まいがしているところに
驚いた私の姿を突然映し返す　―誰が知ろう
同じ鳥が私たちを貫いて啼き過ぎなかったと
昨日　別々に　夕暮のこと

景色が見える　情景が見える
そこにいないことによって現れる　おまえ
あらかじめ失われた恋人よ―
あらゆるものが感受へと差し招く
鳥がぼくたちの中を貫いて飛んでゆく

一つの空間が開かれる
ひろがる波紋　影たちが舞い降りる
野守の鏡に　あなたの眼が揺れ残る

野守は見ずや　君が袖振る
あかねさす　紫野行き標野行き

言霊の幸ふ国の神代から
大和歌から遠く離れて…

＊

眠りの際《きわ》の金縛り
足掻けば痛みに襲われる
じっとして　ずれた手足が収まれば
ゆっくり胸から出てゆける
すると四肢も頭もついてきて
浮遊の境で想うさま　いつしか
そぞろ死者たちも現れる

*

ドクトル・カフカ
いや　フランツ！
やっぱりあなたでしたか

—君には辺獄がよく似合う
夢であなたはそう言った
数えれば三十七年前のこと　ぼくは
ヤノーホ青年ほど若くはなかったけれど
あなたの死の齢　大厄を追い越してもう十五年
海のものとも山のものとも知れなかった若者は
海の者にも山の者にもなれぬまま
故郷の水際を歩く今は夜ごとの川の者
時には映画好きのあなたが道連れだ

細いこもるようなバリトン
強さと高さの中庸を失わず　歌うような声
濃い眉毛の下の大きい真珠母のような灰色の眼

途方もなくしなやかで抑制された頑丈な両の手
浅黒い顔は非常に生きいきとして
　カフカは顔で語る

私の内部に斜面があるのです
私は球のように静止の状態を求めて転がります
外部と内部の境目は消えてしまう
ポケットの中のメモと万年筆を取り出して
自分自身に宛てて匿名の手紙を書くのです

私は作業場の仕事が好きです
見るもの聞くものが私をうっとりさせます
これほど純粋で明白で何にでも有益な手仕事ほど美しいものはありません
木工のほかに農場や園芸の仕事をしたこともあります

私は農夫か手職人になってパレスチナへ行こうと夢想していました

創作は生活を変貌します
時としてこれがいっそう無慚なことが多いのです
創作は濃縮　エッセンスです
これに反し文学は溶解です
没意識の生活を容易にする嗜好品麻酔剤です

言葉は死者たちと未だ生れぬものとに属しています
彼らの持ちものであるなら慎重に扱わなければなりません
言葉を損なうことはつねに感情と頭脳とを傷つけることであり
それは世界の暗黒化　一切の凍結を意味します

カスパル・ハウザーよりもはるかに惨めです
私は孤独です―フランツ・カフカのように

本当の芸術はすべてドキュメントです　証言です
科学的に見て不充分な能力は間もなく何の抵抗もなしに
物を考える自動機械によって代用されることになるでしょう

祈りと芸術と学問の研究と
これは姿こそ違え同じ坩堝から燃え上がる三つの焔にすぎないのです
芸術と祈り　それは暗闇に向って差し出された両の手にすぎません
人は自らを与えんがために物乞いをするのです

言葉は永遠の恋人です
言葉は正確で硬い輪郭を持たねばなりません
あれは試み　風に散らした紙屑にすぎません

あれは私の全く個人的な悪夢です
そもそも印刷などすべきものではないのです
焼いてしまって抹殺すべきものなのです
意味のあるものではありません
私のなぐり書きはすべて廃棄しなければならないのです
私は光ではない　私は自分の茨の茂みに踏み迷ったのです
私は袋小路です

真のリアリティーはつねに非リアリスティックです
真実にいたる道に道案内はありません
辛抱強い捨身の冒険だけが有効です
辛抱強く毅然として受け入れねばなりません
人間に下された刑の宣告は生であって死ではないのです
固定した座標の原点はただ一つしかない
それは自己自身の不備という一事です

そこから人は出発せねばなりません

私はおよそ大家というものに賛成できません
大家は手品師の熟練によって事物の上に立ちそれを支配します
しかし一人の詩人がものの上に立てるでしょうか
それはありえないことです
その世界から自由となるために彼は世界を自分の内部から取り出すのです
これは名人大家のなすところではありません
これは出産であり他のすべての生誕と同じく一種生殖の行為です

多数が決定するのではありません
多数とは常に指図されたことをするだけのもの
決定的なのは身をもって流れに棹さす個人なのです
しかし今はこの個人もいなくなりました

人は自分自身から逃れることはできない
これが運命です
ゆるされた唯一の可能性は　観客となって
演ぜられているのがわれわれだということを忘れることにあるのです

愛とはなにか
極めて簡単なことではありませんか
愛とは私たちの生を昂め拡げ豊かにする一切をいいます
あらゆる高さと深さに向って　ということです
愛は乗物のように問題の外にあります
問題となるのはただ操縦者であり乗客でありそして街路なのです

主観的な自我の世界と客観的な外部の世界との　人間と時間との
その間にある緊張というものがすべての芸術の根本問題です
すべての画家作家戯曲家詩人にいたるまで

この問題と対決しなければなりません。

生命はわれわれの頭上に輝く星空の深淵のように測り難く偉大で底深いのです
人はその個人の存在という小さな覗き穴から窺い見ることができるにすぎません
しかもそこに人は眼に見える以上のものを感知するのです
だからその覗き穴をとりわけ清潔にしておかなければなりません

人はどうあっても書かねばならぬものだけを書かねばなりません

夜遅くKは到着した。その村は深い雪の中にあった。城山は何も見えず、霧と闇が取り囲み、大きな城を示すほんの微かな灯りもなかった。長らくKは、街道から村へと通じる木橋の上に佇み、見るところ虚空の中を見上げていた。

薄明とも薄暮とも
ぼくたちは黒い河に行き当たる
音もなく茫洋として　岸があるとも見えず
その時遠く　切れた雲間から洩れる月明りに
寄せ固められた雪のような山塊が照らし出された
—城ですね
あなたはゆっくりと頷いて告げたのだ
—あなたは　いや　君はまだ熟していないのです
眼下の影が　子どもの輪郭が淡く薄らいでゆく
遠くなったのはあなたではなく　ぼくなのか
—河向うは　煉獄
握手を求めようとした手も腕もすでに透けて
—フランツ！

ありがとう　元気です
御存知のように私は菜食主義者です
この本は返してくださるには及びません

ここは眠りの底の底　弓手には
『カフカとの対話』の半開き
カサコソ聞こえていたのは
あなたがページを繰っていたのか
それともオドラデクが来ていたのか
透けていた手を灯にかざせば
縮緬皺のその甲には青い血筋
ここは眠りの底の底　向うには
沐浴する黒い影たちの河が流れている

＊

深い眠りから目覚めた薄明を
朝かと思い教科書を揃えたことがある
出てみると西の空は夕焼け
月曜ではなく日曜であることに戸惑った

ここはしかし暁闇　あかつき闇だ
日昇るところの　モルゲンラント
モルゲンラントファールト　Morgenlandfahrt
『東方巡礼』と題されもしたヘッセの小説の
かの一団から置き去りにされて　いや
いつしか零れ落ちていたことにまた気づく

暗いおまえ、すべての欲望の母よ
私は逃げる　幾度も呪う
だがいつも私を探し出し
終にはおまえの胸に身を投げる

私を連れ去れ　恐ろしい母なる夜よ
死への欲望だ　おまえを抱きしめるのは
秘かに熱い深淵から笑うのは
解体の予感　哀れみの予感
深くおまえの黒い眼の中で燃えるのは
おまえの渇いた愛の灼熱　何という痛み
おまえの愛　それは私を知りつくし
おまえの死への呼び声を私は理解する

喜んで私は従おう　血と不安によって
感じる　おまえが私を引き戻すのを
もう一度私をおまえの子どもにして
キス一つで私を燃え尽きさせるのを

五十歳の誕生日まで首を吊るのは先延ばし
詩集『危機』となる詩の四十五篇
引かれ者の小唄ならぬ絞首台の歌を放ちながら
あなたは『荒野の狼』を書き進める
「その日」は強靭な言葉の主旋律
それを変奏させ響かせた小説のソナタだ

その日は過ぎ去った
等しく日々が過ぎ去るように

私はその日を口説き落とし
柔らかに絞め殺した
　素朴小心な生活術で

灰色の日常をよぎる永遠の影
〈金色の跡〉から〈魔術劇場〉を創出し
夢にはゲーテ　劇場にはモーツァルト
ジャズにダンス　映画に麻薬に仮面舞踏会
狂騒と黄金の二〇年代を背景に綴られた
狼人間ハリー・ハラーの魂の再生の手記だ

半世紀後の極東の若者を一体何が熱狂させたのか
すっかり小説嫌いになった五十七歳は再び本を開き
引っ張り出した未完の卒業論文を未完のままに諦める
〈フモール〉　声のない大哄笑とまではゆかないが

ヘルミーネの微笑を忘れるほど呆けてはいない

蒸留する　学究と思索から
永い年月の後　一人の老人が
彼の晩年の作品を　その入り組んだ書の中に
彼は遊びながら幾つもの甘い知恵を織り込んだ

灼熱して　一人の熱心な学生が
図書館文書館を博捜し
野心に燃えて　一冊の青年の作品に
天才的な深みに満ちた作に突進する

座って吹いている　一人の少年が麦藁を
息で色とりどりのシャボン玉をふくらます

そのどれもが豪華な賛美　聖歌のように
全霊を彼は注いでいる　吹き込むことに

そして三人みんな　老人と少年と学生は
創造する　世界のマーヤの水泡《みなわ》から
魔法の夢々を　それ自体は無駄な夢々を
どれにもしかし　微笑みながら自らを認める
永遠の光が　そうして喜んで燃えてゆく

実に端正な押韻詩ですね
詩人になるか　さもなければ何者にもなりたくない
十三歳の時に決心したあなたの作詩
止むことのない詩作のその数は千六百篇

あなたも溜息を吐いたゲーテの樹木的成長
意図できない大樹へのあなたのご長命
日に焼けた雨乞い師姿のあなたが笑っている
市民社会と芸術家の国でなら自己実現の一語も根を持つのか
庶民と職人芸人の国にはお門違いに風が吹くようで
シャボン玉飛んだ　吹かれて消えた
すべて内にあるその内部への道は閉ざされ
すべて外に現れたその世界からも阻害され
等しく日々が過ぎ去るように
平和な日が白々と昇りまた暮れる

「シャボン玉」を歌ったのは還暦のあなたただ
首を吊らなかったあなたの豊かな五〇代
美しい中世の物語『ナルチスとゴルトムント』から
危機の系譜の掉尾『東方への旅』は五十五歳

一九三二年　ナチス抬頭のさなかでの
モルゲンラントファールト　Morgenlandfahrt

同盟国日本は昭和七年
それからこちら八〇年
中間点は頂なのか底なのか
「人類の進歩と調和」を謳った極東の
大阪万博は悪い冗句にほかならず
閉会から二ヶ月後には「三島事件」
割腹した作家はカフカの死の七ヶ月後に生まれている
カフカと同年生まれの作家が翌年米寿で大往生
日本語を廃止して公用語はフランス語になどと
平気で言うような小説の神様であった
公式長編記録映画「日本万国博」公開
カメラが捕えた入場者のアップにはノーベル賞作家の顔

ガス自殺が報じられたのは一九七二年
「あさま山荘事件」から三ヶ月後のことであった
平和でありつづけた歳月を少年たちは不器用に踊る
ロックにフリーダム　映画に飲酒に仮想現実
どうしようもない来し方は手遅れの癌
見出したところでどうなるものでもない
シャボン玉をふくらますようにぼくは
しがない「西方への旅」を試みる
アーベントラントファールト　Abendlandfahrt

日没するところの　アーベントラント
〈夕べの人間〉であり〈自殺者〉であること
論文で開陳された狼人間の特徴は実に魅惑的で
怒濤に舞い上がる水泡一つ
宇宙の孤児である人間

行き場のない存在
何処にもない故郷
それはそのまま何処にでもあり
誰でもが帰ることのできるところ

私は球のように静止の状態を求めて転がります
何か失われたものの傍ら　暗いところに沈めたい
見知らぬ静かな場所に　おまえの深みが揺れたとて
もう揺らぐことのない場所に

夢にリルケが現れて

＊カフカの言葉はG・ヤノーホ／吉田仙太郎訳『カフカとの対話』（筑摩叢書101）から採りました。引用に際して改行と句読点の削除を施し、一部用字を変更した箇所があります。『城』からの一節、リルケとヘッセの作品は拙訳を用いました。

日付のある風景

二〇〇二・一・一二

ミカン
キンカン
夏ミカン
親ノ言ウコタァ
子ハキカン
先生《センセ》ノ言ウコタァ
わしゃキカン

新月朝まだき
浅く激しかった呼吸が

一息一息　深く静かになる
二週間閉じられていた眼が開き
右から左へと視線が流れる
息の臭さが消えて
手足が冷たくなる

大潮　船出だ
やがて　吸い込む息音だけが
断ち切るように間遠に
七時十五分　最後の吐息
けれど心臓は搏ちつづける
ゆっくりと陽が昇る
おもむろに現れた女医さんが
臨終を告げたのは七時四十四分

生とも死とも
判別しかねる三十分
頑健な心臓に
母は席を立ち
宙吊りの泣き笑い

総胆管癌の発見からその死まで
春から春へ
病室に生じた円居であった

家はテンデバラバラと
三十年前に宣告した母ではあるが
今　病人をあんたと呼んで
娘はおとうちゃんと手足揉む
俺はいつの頃からか

おやじおふくろが板に付き
人生の小春日和
日々是告別であったか

親父よ　あんたも若かった
俺の十代があんたの三十代
遊びたい盛りであったろうが
少年もまた大変だったのだ

さらに酷烈な十年が待っていた
板挟みの母親は心臓を病み
娘は遠く都へ逃れる

星はめぐり月日は流れ
何がどうなったのやら
それでも生き残り
放蕩息子は帰還する

同じだけの歳月を折り返し
さて
人は花見やすくは死ねぬもの
この母の謳歌する老いの春
魂をなくして遊ぶこの息子
国外逃亡を繰り返すこの娘
たったひとりの孫と
畑と花と猫たちと

ミカン
キンカン
夏ミカン
親ノ言ウコタァ
子ハキカン
先生ノ言ウコタァ
わしゃキカン

立春

S・Nの三周忌に

流れに沿うて畦を歩けば
白鷺はおっとりと佇み
午後の陽に魚影も揺れる
日向に野良猫は背を伸ばし
遠く雲雀の囀りも降ってくる

白く紅く　ほころびはじめた梅の
小枝越しに空を眺めれば
はや酒垂山《さかたりやま》に燕の飛来して
傍らには鵯《ひよどり》たちの騒がしさ

街を抜け　海への路を縫い
傾く陽の中に　墓石たちは
静かにあたたかく居並んでいる

この春を前にして
断ったのか
断たれたのか
目覚めることを切り落とした夜に

封じられた問いかけに
笑顔が見え　声が聞こえる
言葉の向う側　聞こえてくるばかりの
こちらへ掬い取ることのかなわず

あたたかく居並ぶ墓石たち
生きてあることと死んでいることと

鴉の影に群雀が飛び立つ
ゆるゆると鳶舞う空の下
空地では頬白たちが滑空し
庭木には目白たちが見え隠れ
やがて　風の立つ時刻を横切り
西日に黒く　山への道を辿りはじめる

（二〇〇七年二月八日 死去）

清明

軒下に玄鳥《つばめ》の帰り来て
ひらめく蝙蝠と出合う頃
花冷えに音《ね》をあげる青蛙

〝もう清明が近いので
あんな青ぞらからもりあがって湧くように
きれいな風が来るですな
もみぢの嫩芽《わかめ》と毛のような花に
秋草のような波をたて
焼痕のある藺草《いぐさ》のむしろも青いです〟

風の絶えた午下がり
散りしく花を踏み
〝萌えいづる若葉に対峙して〟

魂は遺伝子ではない
心は血脈を知らない

万物発して清浄明潔なれば
此芽は何の草と知れるなり

かくてここにあり
ぽつねんとして
この眼は何を見ているのか

疾中の詩人が見ていた風が
血まみれの詩人が対峙していた若葉が
今ここにも湧きあがり萌えいづる

歩めば移ろう景色
何処から来たのか
遺伝子の滅びるところ
血脈の絶えたるところ
何処へ向かうのか
清く明らかに帰るほかはない

〝引用〞宮澤賢治「眼にて云ふ」(一九二八)
辻征夫「萌えいづる若葉に対峙して」(一九九四)

友に

平井一朗君を悼み

一朗よ
凪だ
帆をおろせ
その荷を水底へ沈めよう

おまえの軋ませた音は
亡き母の求める声か
伴侶の叫びでもあったろう

子種が出ない

突然やってきておまえはこぼす
十五歳の秋のこと　今はだが
三人のこどもたちが残された
香煙の向こうに立つ息子は
出会った頃のおまえにそっくりで

五月の風が吹く
ここかしこ
おまえのいた風景
誰彼の中に棲む
見知らぬおまえの記憶たち

すれちがった俺たちは
一匹の野良犬
おまえと俺と

十代半ばのあいつらと

ぎょろりと黒い瞳が
傾いだ長髪からこちらをにらむ
厚い唇と頑強な顎に
色白の笑顔がこぼれる

おまえの欠片《かけら》を集めても
情景の穴はふさがらない

一朗よ
追い風だ
帆をあげろ

身軽な舟路を照らすのは
満ち足りた月の光
しばらくの別れだ
やがてのこと
一匹また一匹と
おまえの記憶を手土産に
野良犬たちも後を追う

（二〇〇一年五月二五日　死去）

知れざる炎

秋山駿さんへ

十四階　三角机のある窓からの眺め
あなたは「さようなら」を飲み込む
十七歳のときに出会った中也を探し
五十年　謎のまま抱いてきた一語に当たる
　われかにかくに手を拍く……

二〇〇九年五月四日
念願かなっての対座は疾く流れた
最初の　今は最後の謦咳に接し
遠く私淑してきた三〇年の

それは円環の接合であり始まりでもあった
数多《あまた》持参の中からまずは最初の著作
南宋社版『内部の人間』
次に新刊の『忠臣蔵』
最後に『歩行と貝殻』を取り出すと
―これこれ…　と笑顔で署名をくださった
出がけに病床の奥様が持たせてくれたという万年筆は
インク洩れして王室青《ロイヤルブルー》に手指を染めた
その手は止むことのない煙草と
久しぶりだというビールを運び
仲介の男の指定した二時間は
いつしか五時間の歓談と瓶ビール六本
デニーズ・カードで奢ってくださった

「拍《たた》く」から六日後にあなたは書きつける

「あゝ、おさらばの時だろう。」
十六歳　古本屋で抜き出し開いた文庫のページ
小林訳の『地獄の季節』からの一行を

ぼくの中の「内部の人間」
理由なき殺人と文学の言葉
—一冊の哲学より、一篇の詩の方が、より深く、より知的で、
密度があって、現実的なのである——そういうことを立証したいと思った。
—心というもの、この自分の内部で生きているものは、
正銘の一個の怪物、一個の謎、一個の不可解、一個の奇蹟なのであって、…
あなたの低い声が　柔らかく皺枯れて
「低い調子」　洞のように木魂する

知れざる炎、空にゆき！

（二〇一三年一〇月二日 逝去）

点と点

中村保男さんを悼み

過去は変えられないか
事件を　出来事を
なかったことにはできない
死者たちが戻っては来ぬように

—タカシに会わんにゃいけん
繰り返し語っていた男が死んだ
ジェラールという男のいる店で
点と点が出くわすことはなかった

さまよう点と点とが出合う
点は　単なる点なのだろうか
見えない線と線とが交わる
そこに一点が現れるとすれば
出来事の向うには見えない線
線の絡まりを感じるとき
過去は　その局面を変える

線が点の連続ではなく
見えない面と面との接線であるならば
空間は見えない時間の影ではないか

行き場のない点たちの立ち寄るところ
一点一点は見えない線の絡まり
その線は見えない面の交差の集まり

その面は見えない空間の影たちであり
始原からの時間　光がそれをあらしめる

ここからが　光源
事件は別の相貌をとりはじめ
ゆっくりと変容しつづける
死者たちがそうであるように

（二〇一四年一月二五日 死去）

二〇一三・一・二六

約束を果たすべく　歩き出す

ぽっかりと　円かな月が昇り初《そ》め
高空は吹雪か
凍てついた月影が天に滲む
速い雪雲に隠れてはまた皓々と
洩れ来る光は輻《や》の如く
雲間の宿りに虹が見える

西の空には薄明

澄み切った水底に
遙かな残照が凍りつく

肩で風切る男の傍らには
その昔の女たちの弔いが

あれが別れの盃
一二月一七日　午後
―おい、ビールを持って来い
グラスを合わせ　一息に飲み干す
前夜『パイドン』を読み返していた

一月一一日　救急入院　声が失われ
一月一四日　『弁明』を読み返し　合評会へ
一月一五日　「らくだ」寄書持参　握手

一月一八日　握手　『パイドン』再読
一月二一日　『パイドロス』を読み返し
一月二三日　『パイドン』三読

凍てついた冬の月の
風花に暈され　滲み
玲瓏　冷気に満たされる
肺腑のみならず
腸《はらわた》　臓腑も洗われて
　声が　謙さんの声が聞こえる

メランコリア

おじさんの肖像

―辻征夫さんへ―

それは静かな実感としてぼくの内面にひろがってもはや揺れ動かなかった。そうか、そういうことなのか。それならぼくはぼくの歩調で、ゆっくりと歩いて行こう。

（『黒い塀』より）

―ただいまっ

どこかよそのおうちの玄関にたっていました。扉が開き、入るとそこは電車の中でした。いくたりかの乗客を乗せて、電車は幾日も幾日も走りました。太陽は沈むことなく、森や海の端っこにあって、電車の右側に出てきたり左側に現われたりしました。或る時、冷え冷えとした原っぱの中に、こんもりとあったかそうなところが見えました。電車はそこをぐるりと廻って走りました。ぼくは窓に顔をおしつけて眺めていました。霙の雑木林に背の高い人がいてぼくを見ていました。

傘をさして、黒いコートで。電車がガタピシ通過して行きました。ぼくもおじさんを見ていました。おじさんは傘をあげると、ゆっくりと手をふり、にっこり笑って霙と雑木林の中へと消えていきました。

　落日から風が吹くのか、西方に向いて、赤とんぼの群が泳いでいる。音たてて流れる小川に沿って田圃の畦を歩く。間もなく太い用水路に当たり畦は整備道につながる。やがて大きく回りこんだ辺りで山道となり傍らに谷川がはじまる。澄んだ水には岩と砂地、川向こうには樹木が立ち並びあちらこちらに青い毬栗も見えている。すぐ先に差し渡された橋、数本の竹の上を、両腕を危うく上下させながら人影が渡ってくる。

―やっと来たね。

阿弥陀にかぶった麦藁帽子の中、眼鏡の顔が悪戯っぽく笑っている。

―ずいぶんと待ったような気がするなぁ…、きみはどうだい？

並んだその人は見た目よりずっと上背がある。くたびれたカッターシャツを野良着代わりに、手には錆びた鎌を持ってはいるが、足元はゴム草履ときている。

—やっぱりあなたでしたか…。

さっき赤とんぼの空を眺めていた時あなたのことを想い出していて、と口には出さずに続ける。その人の右側に相並び、ぶらぶらと川上へ歩いてゆく。間もなく森の入口、ちょっと開けたところに建物が見える。木立を背に枯木を組んだらしく、雨露だけはしのげそうな、露台と言ったほうがよさそうな高床である。いつしか日没後の薄明がとどまり、一帯は水底のようだ。

—もうそんなもの放しなよ。

ちょっと悲しそうな顔でその人は僕の右手を見ている。

血まみれのジャックナイフを握っている。とうとうやってしまったのか…。

—血の雨を降らせたみたいだね…。でも前に来た時よりもずっとよさそうだよ。

おじさんはそう言って首を回し、ブリキのバケツの方へぼくを連れて行ってくれる。

—だけど、ふたりして話したじゃないか、瓦礫の山にはアルコールの雨だよねって。それにこの間はずいぶんと腕もあがって、スコッチをストレートでいけるようになってたのになあ。

傾けられたバケツの水で両手を注ぎナイフを洗う。腰手拭いを差し出されたのでかまわずナイフの血糊も拭い取る。おじさんはそれを手に取ると向きをかえて露台へ上がる。ついて上がると丁度ミカン箱の棚にナイフを置いているところだった。前に来たときはそこに古い本が何冊か重ねてあって、それとは別に文庫本も散らばっていた。その中に『若き詩人への手紙』を見つけて取りあげたときの、晴れやかだけど少しはにかんだようなおじさんの顔を憶えている。けれど辺りに見覚えはないし、こんな水底の静けさはなかったな。蠟燭の炎に照らされていたあれら古い詩集たちももう見当たらない。かわりに置かれているのは、俎板のような工作、すぐ横には毀れやすいガラス細工、隣の空っぽのコップはやっぱりアルコール用なのだろうか。

ぼくの視線に気づいたのか、おじさんは笑いながら話してくれる。

—石原吉郎さんがね、確か『海を流れる川』の中にあったはずだけど、書いてただろう? 「三段飲み」の挙句にたどりついた「捨て飲み」のことを。で、そのウィスキーをね、窓の外に立って待っていたという、ぼくの空っぽのコップなのさ。

もちろん石原さんにしか見えなかったけれどね。きみのジャックナイフだってそうだぜ。

そうだろうか、確かずっと下流の水底でぼくはそれを拾ったのだ。夏休みだった。毎日のようにその水門へ泳ぎにでかけて行った。幾人か友だちもいたし、水門の上から飽かず飛び込んでは真っ黒に日焼けした。コンクリートの裂けたところには鰻や鯰も潜んでいて、或る時など腹を空かした友だちが手長エビを焼いて食ったりもした。何でも近くの屠殺場から流れてくるという豚や牛の血で、水草は生い茂り魚たちも豊富だった。冬には水鳥たちの群生地ともなった。いつの冬のことか、水量の減った堰に一羽だけ佇んでいる白鷺から目がはなせなかったことがある。白い反映が昏い水の空にくっきりと浮かんでいた。次の年だった、潜っていてその辺りでナイフを見つけたのは。革のホルダーに入ったまま錆びはてていたジャックナイフ。持ち帰って砥石とサンドペーパーで蘇らせたのだが…。

一体誰を殺めたのだろう…、父、と一瞬思ったが、死んだのはこの年明け、癌を患ってのことだった。するとやっぱり女…、ひとり、ふたりと浮かぶままに想い出していくが、どの女ともきれいに別れている、というより、去っていった彼女らへつながるものがない。それに、ぼくには妻も子もいたはずなのだが…、母はまだ生きているのだろうか…。突然心臓に差し込むものがある。包み込んでくるひとりの女。情交の濃密な感覚に侵される。甘く疼くような痛み、刺し貫いたのは、ではあの嫁いだ女の心臓なのか…、そんなことはありえない…。

—ほら、見たいものが見えるだろう？

おじさんの声に首を起こし、右の掌を握りしめ、またひらく。これで何人目だろう？　と、そこにグラスを乗せられる。そして琥珀色の液体。

—とりあえず、ってのがここにはなくてね。年数を経たものだけ。さあ、ゆっくりやれば流れていくさ。けれど前みたいに血を吐くのは勘弁してくれよ。

こうして暮れるともない薄明の中で焚火を起こし、飲んで話すのは愛すべき変な人たちのこと。ふたりとも会ったことない遠い異国の詩人やろくでなしの逸話から、身近に暮らしていた祖父さんや友だちの話。また、おじさんも見たことがあるという奇妙な生き物オドラデクのことや丘のように巨大な海蛇でもある戦艦フリードリッヒ二世のことも。もちろん鸚鵡を肩に乗せた一本足のジョンやかわいそうなベン・ガンも出てきたけれど、おじさんの本で読んだことのある居酒屋Nのサンゾウさんのことを直に聞くにおよんで、泣き笑いにしゃくりあげるのもまたおかしなことだった。

けれどもその間も、一体何処で誰を刺し殺したのか、ぼくの中でずっと川が流れているようなものだった。それに気づいてのことなのか、夜中の一時だか二時だかに、ベーゴマをしよう、とおじさんはミカン箱から取り出してきた。さて、とはじめた時のおじさんの掛け声を聞いて、吹き出し、やがてかなしく明るくなった。それは、まず「俺たち」とかまえて、「いったい」で引き上げ、「どうなるんだ!」と打ち下ろすのだった。尋ねると、三十過ぎて失業してね、と傍目には暢気ではあるけれど実に大変な季節の面白おかしい友だちとの話であった。

本当にこの人は十五歳でもうこれしかない、と感じるなんて、なんて資質だろうけれど、けれどもおじさん、実に大変だね、自分が一生かけてする仕事は詩を書くことなんだなんて、いったいどうしてそんなことが、どうしてぼくはそのおじさんと夜っぴてベーゴマを廻し、廻しているうちに目も廻り倒れこんだ。

青い人が右にいる。左には黄色い人。ぼくはふたりに肩をかけて、運ばれているのか、それともふたりを支えているのかわからない。時折ぼくの体は緑色に透けて見えたりする。水の匂いがして山間の湖はすぐ近くだ。けれどしっかり組んでいないと我を忘れてしまいそうだ。だが巖に染みついた影を生き返らせるなんて、一体誰が思いついたんだろう。まわりを苔に縁どられていたあの坐像、それを見つけたのはこのぼくだった…。

暗い湖面を前にぼくは一本の真新しい蠟燭を捧げ持っている。そうして波を立てずに水の中へと入ってゆく。水面に炎が揺れる辺りで体が軽くなる。それは両側の影たちが運んでくれるからであった。時折あがる水飛沫に見え隠れするのは青と黄色の尾鰭のようだ。ゆっくりと左巻に廻りながら、どうやら湖の中心へ向かっている。そこは渦を巻いており、回転は次第に急になり白波が立ち騒ぐ中を、頭上に蠟燭を掲げたまま引き込まれていく。一瞬気を失いはしたものの静かに湖底に降り立った。炎は消えず揺らぎ、呼吸もそのままだ。透明な水は緑色の淡い光に満たされ、浮遊と歩行の区別がない。頭上高く黒い湖面を渡ってゆくのは白い腹をした双頭の蛇であった。平らな湖底は蠟燭の光でも充分見通すことができる。それ程遠くないところに裸体が美しく揺れている。紐で縛られている両足首が丁度目の高さにある。見上げれば、両手を頭上に合わせて長い髪が金銀に波打っている。眼はやさしく見開かれ、唇は歌っているかのようだ。その唇と同じ大きさの、これは噛み傷だろうか、乳房の下に血の色が残っている。妙になつかしい、が、今は一刻も早く掘り出さねばならない。紐をたどり、砂に埋もれているはずの錘を両手で引き出す。幾重にも紐がかけられたその物体の形に見覚えがあった。デューラーの銅版画「メランコリア」に描かれていた正三角形と五角形からなる多面体。物憂げな翼ある女の傍らに置かれていたものだ。真っ青のそれは重くはあるが、抱きかかえれば収まりよく運べそうだ。だが、紐はきつく縛られほどけそうもない、蠟燭の火で焼き切ることを考えたが、さて、切り離す必要があるのか。蠟燭をポケットに入れ、物体を抱き上げると、裸体もそのまま浮かび上がり抵抗はない。ゆっくりと岸へと歩きはじめる。やがて湖面に女の手が届き顔をこちらに向けて浮かぶや、重さが加わり息が詰まる。かまわず砂地を踏んで登っていくと、息の切れる瞬間、女の両腕がぼくの肩にかぶさり、水の中から夜の岸へと出ることができた。耳元ではうめき声と共に女の息が吹き返していた。満月が赤く昇っていた。青い人も黄色い人ももう待ってはいなかった。ぼくたちはメランコリアを坐像の影のところまで運んでいった。そうしてまた蠟燭を取り出してその上に灯した。炎にあたたかくやわらかく透けて、透明な青の中に血の色の花が咲いていた。花びらが一枚また一枚、ほどけるように舞い散り、それは果てもなく、幾重にも幾重にも涌きあがるように花を咲かせつづけた。

—こころがもしハート型のかたまりならば、詩を書くことはそれを薄切りにして一枚々々差し出すことだろう？

おじさんの声がして目が覚めた。その姿はなかったけれど、焚火はまだくすぶっていた。

太陽が昇り樹間に霧が流れはじめた。ポケットからはジャックナイフのかわりに

奇妙な形の石ころが出てきた。長い旅になりそうだった。

一九九〇年の暮れか翌年明けてか、出先にてたまたま開いた朝日新聞で辻征夫さんと出会いました。「うたごよみ」と題されたどうやら現代詩のシリーズ欄に「電車と霙の雑木林」という詩を発見したのです。コピーをとって持ち帰りファイルしました。以降入手できる本を取り寄せ、ゆっくりと読んでは、一篇読むごとの、得難いにんまりやぼんやりやしんみりやをいただきました。博多で『詩集成』を見つけて、あれれ？もしや…とは思ったものの、『俳諧辻詩集』『萌えいづる若葉に対峙して』とつづきました。そうして短編集『ぼくたちの（俎板のような）拳銃』を読むことになります。もっと続きが読みたいなあ、という矢先、嫌な予感どおり、逝去されたのです。明けて丸二年、今年新春に出来した『ゴーシュの肖像』（書肆山田）によって今更ながらに偲ばれ、会うことのできなかった詩人の、ぼくにかかわる肖像を描こうとしたのがこの創作です。

その間、亡くなられてから二度ばかり、辻さんを夢に見ました。これは二〇〇〇年一一月二六日の夜明けに見た夢を下敷きにしています。また詩人の作品から少なからぬ言葉をお借りしています。とりわけ冒頭は出会いの詩と『鴬』所収の「突然の別れの日に」からの引用で成り立っています。辻さんはどう思われるでしょうか。青二才の四五歳だね、と、お気に召さぬとしても口にはされず、溜息を一つ吐いて、グラスにダブルくらいは注いでくださるでしょうか。

（二〇〇二年一一月一二日発行「シュリンプ」2号掲載）

月光馬

つい先ほどまで大型トラックを運転していたこの道を、今は馬を連れて歩いている。古い駅舎に向かう脇の旧道、それが本通りに当たる三叉路に差しかかる。丁度ここだったか…、いつ特殊免許をとったのか、ハンドルを握りながらも訝しく思っていた矢先、ブレーキをかけたけれども段差にずれ落ちるような格好で、危うく老人を轢きかけた。

薄暮。馬を連れてなんだか誇らしいのも奇妙だ。というのも、そもそもはその背に跨って颯爽と駈けるはずであったが、いざ馬をあてがわれてみると何とも穏やかならぬものがある。ましてや一度も乗ったことなどないのを思い出し、さりとて向かわねばならぬ行先があり、ともあれ出発せねばならなかった。そうして手綱をとって馬とのみ道を辿るに、尚更に不穏なものが、ほかでもない馬の方から迫ってくる。この巨体だ、いきなり駈け出されでもしたらそれっきりだ…、なんでもない風を装って激させぬよう、気取られぬよう付き随う。けれどもその恐れはすっかり馬に伝わっているらしい。時折こちらをちらりと見やるその眼には、侮りとも隙を窺っているとも思える気配が浮かんでいる。だが、それにしてもこうして見れば、何とも美しい馬じゃないか、青くまた灰色に沈んだような毛色毛波、まるで月の光を浴びているようだが、空にまだ月はない。その青灰の中に、何でも知っているかのような黒い瞳がこちらを映すが、ひやりとするのはそれを包む白目の光だ。

それでもようようこの三叉路まで来た時、危険な場所でもあり、また道行く人々の視線を感じもし、緊張のあまり手綱を引いて立ち止まった。

―大丈夫だ。このまま渡るがいい。

低い声が馬の方からやって来た。右肩越しに仰いだその眼は笑っているようだ。

導かれるようにして大通りを向う側へと渡り、裏街へと入って行く。行先は心得ているとばかりに馬は楽しげに見える。先刻までの不穏は最初からなかったかのごとく、もう馬が逃げ出すことはないと確信するが、辺りに立ちこめる闇の中にこそ濃い不穏が蠢いてる。それが馬と僕とをさらに緊密に結びつけるのだろうか、ふとその腹の白さを認め、それが肌色であり、大地に面したところから四肢へと連なっているのに気づく。

—おまえの中に人がいるのかい?
—やがてわかるだろうよ。

瞬間乳房が揺れているようにも、また桃色の乳首が見え隠れしているようにも見える。

古い大きな木の建物、裸電球に浮かびあがった階段を登ってゆく。地面から直に生えたような階段の果てには広い畳の部屋がある。

—さあ、ひと眠りしよう。

ゆっくりと馬を座らせ、こちらに腹を向けて寝させようとする。そうすれば隠されている、きっと女を見ることができるだろう。僕は左の脇腹を床につけて横になる。間もなく馬の寝息が聞こえ始める、とそこに仄かに青い形が現れてくる。僕とまるっきり鏡合せに同じ格好をして、やがて空ろであった瞳に光が点る。にっこりと互いに笑いかけるや同時に声を出す。

—そっくりだね。

けれども、ときめいた乳房は何処へ行ったのか…、ひとりの少年がいるばかりだ。視線をゆっくりと這わせてゆく、何だか奇妙だな…、そうか、脚だ、膝を抱え込んだあの脚が僕のと違うんだ、筋肉と腱が露わでそこだけが馬のまま…、いや、いつか絵で見たことのある牧神の脚のようだ、それとも、僕の脚もそうなのかも知れない…、確かめなくちゃ、と首を曲げるや黒い眠りに落ち込んだ。

花の影。やわらかな光。樹間の石の台座にすわっている。

—水のように別れていましょうよ。

散りはじめた桜に、女が眼を開き微笑む。風にそよぎ煌く髪、緑なす顳顬《こめかみ》、瞳には河が流れている。向う岸には菜の花の色。

—そこに沈んでいるのかい？

女は頷き、僕は河へと降りて行く。下流なのだろう、河原石はどれも角丸く素足に快い。苔に滑る浅瀬を渡り左の方、険しい巖に這い登る、と、そこには源流さながらの淵が現れる。ひんやりとした静けさに腰を下ろし、澄んだ水の中を探す。視野の果てに流れはあるが、眼下には湛えられた水、ゆっくりとまわりこんでくるらしい。小石を投げいれる。波紋がひろがり、その影が水底の砂の上を伝わり重なり消えてゆく。幾度かそこここと繰り返し、どれくらいたっただろう、波影が瞬間くびれるところがあるのに気づく。見ればその辺りで小魚の群が二つに分かれてゆく。が、そこには砂地があるばかりで何も見えない。何か透明で水のようなものが潜んでいる。だがすでに日は傾きつつある。今を逃しては水は光を失う、着の身で淵へと跳び込みそれを手さぐりで探しだす。水の中の水塊。両の手指でたどるようにして、いくつか角のある、どうやら立体らしきものを抱え込む。丁度それは胸に収まり、抱くに程よく、それでも水と同じ重さ、ゆっくりと水底を歩いて上流の浅瀬から河原へとあがる。けれど陽の下にても何も見えない、それは今や空気にまがい、光の反射もない。手で触れていなければ定かならず、向う岸の菜の花を透かし見ても歪みはない。もう一度膝に抱きかかえゆっくりと形をたどる。掌大の正三角形が両手に確かめられるが、隔てた互いを重ねると星形をなすようにずれている。それぞれの頂点から発した稜線を伝うと、すぐに左右それぞれ別の尖った頂点に向かい、その二点は一筋の長い稜線でつながっている。稜線に囲まれたより大きな平面を両手でなぞると、辺の長さの異なる五角形が、数えて六面、三面づつ向い合せに頂点を形づくる歪な立体が感じられる。けれども少し傾けて、正三角形の面を上下に据えると、安定して転がる気配はない、が何も見えないことに変わりはない。

—どうしたものか…　触れていなければ…　風になるやも知れず…
背後から夕焼けが迫る。数分とたたぬうちに朱は移ろい、日没の血の色を淵に映しはじめる。すると突然、見えなかった立体に夕空が宿り、頭上の藍が流れ込んでくる。瞬間途方もないなつかしさに襲われ、余りの激しさに、その今や均整のとれた形を現した物体を抱きしめる。息を殺し、潮波の過ぎ去るのを待って深く吸い込みながら眼を開くと、そこには、宵の明星と刃のような月が滲んでいる。

立ち枯れた向日葵、黄に紅に濡れた病葉を踏みわけて台座にたどりつく。見知らぬ、けれども遠く憶えのあるような女がすわっている。足元にはなおも露草。その宙を見すえたような瞳に、空虚な両腕をひろげてみせる、水を抱えるようにして。

—ここに…
その声に波紋がひろがり、眼を閉じてかつて聞いたことのある場所を探ろうとする、が、記憶の欠片にたどりつく前に波は掻き消えてしまう。盲いた眼には空が映っている。

―わたしは…

ゆっくりと差し出された左手を右手で受けて、その冷たさに驚く。

立ち上がり間近に迫ったその面は、長い髪に縁どられてはいるものの、男とも女とも、若いのか老いているのか、見きわめようとするといつしかとりこまれてしまいそうだ。辛うじて淡い唇の色だけが生きている証と見えて口づける。そこだけがぽってりとあたたかく、やはり何かを想い出させる。

…一体俺は何処にいた、何をしていた…

何か大切なこと、とても大切なことを…

今その真っ只中に立っている月の光、愕然として思い出す。

馬だ。置き去りにしたままの… 何日が過ぎた?

あの夜、なくてはならぬ物を忘れてきたことに気づき、眠った馬を残して階段を駆け下りたはず…、その俺は、獣の脚をしていなかったか…。それが何だったのか今も思い出せない、だが、手綱で縛られ、食べることもできず…、取り返しのつかない衝迫に襲われて走り出す。握りしめた右手が痛い、開けば角のある無骨な石ころがひとつ。

　月明りにあの古い二階家が現れる。電球が割れている。階段を駈けあがると、そこに白々と馬の首が横たわっている。閉じられた眼、その腹に隠されていた肌色は今はもう何処にも見えず、その場にへたり込む。

―まさかこの石がなくてはならぬものだと…

手落としたその石は音を立てて転がり、何だか正三角形に見える部分を上にして止まる。

そこには馬の首と手綱。取りあげて引き絞る。

—月夜だ。さあ、出立だ！

だが馬は重く動かず、呆然と佇む僕の中、突然海が溢れて倒れかかる。と、不意に手綱が浮かびあがり、そこには馬が、いや、全身馬と同じ青灰色のひとりの女が立ち上がる。その髪は鬣のように輝きうねり乳首にまで達している。けれども陰なす眼は、両眼とも閉ざされたまま、未だ夢見るように揺れている。

—もう離れまい、その眼が開かれるまで、決して手綱を放すまい…

やがてゆるやかに海は月光へと流れ込む。

（二〇〇二年四月二九日発行「シュリンプ」創刊号掲載）

あとがき

詩誌「シュリンプ」がなければ書かれることのなかっただろう作品たちです。二〇〇二年四月、山口県防府市で生まれた詩誌「シュリンプ」を主宰されたのが西村謙さんです。二〇一三年一月二六日、八四歳で他界されましたが、その編集同人兼事務局として、ご逝去までの十二年間を共に遊び呑み語らい時を過ごしました。晩年近く、時に謙さんは二歳年下のぼくの母親を呼び出してカラオケに興じる夜もありました。二人が歌ったのは「鈴懸の径」であり、ぼくは母と「十九の春」を歌いました。もともと歌やダンスが大好きな母春子も実に楽しそうで、もう一度一緒に歌いたかったとこぼしました。献辞の謂れです。

謙さんは若い頃から詩に親しみ、儀永秀雄主宰の詩誌「駱駝」の同人でした。その「駱駝」の血脈を受けた女性詩誌「らくだ」の創刊当初からの客員でもあり、年四回の投稿と合評会を楽しみにされていました。「シュリンプ」創刊の年、新年会を兼ねた合評会に同道したことがあり、謙さんのお誘いもあって、没年を挟んでの四年間、ぼく自身「らくだ」に十七篇の作品を客員投稿しています。

「シュリンプ」に発表した作品を編んで「あらわれ」「日の移ろい」「日付のある風景」「メランコリア」の四章に集めました。その中には「らくだ」に投稿した七篇も収めています。「この日頃」と「西方への旅」の二章は近年できた未発表作品から成ります。

二〇一三年六月二八日、鎌倉にて里舘勇治さんにお会いしたのが事の始まりです。横浜にお住まいの岡本光子さんのお引き合わせによるもので、謙さんのご長女であり岡本さんとは義姉妹である大窪陽子さんと三人で「港の人」を訪ねました。すでに真夏の暑さの午後でしたが、訪問後すぐに社を出るや裏道を抜けて江ノ電の鉄路を渡り由比ヶ浜の松声庵に導かれました。岡本さんによれば「新聞も読まずテレビも見ない者同士、里舘さんと岡田さんはきっと話が合うはず」とのこと、風通う庭先で木陰の卓を囲んで生ビールを飲みながら二時間余りの歓談でした。

俯きかげんに訥々と、思い出すように言葉をこぼされる氏には、はにかみがちな少年の面差しがあり、その傍らに詩人北村太郎の存在を感じていました。

入手困難な第一詩集と『パスカルの大きな眼』以外すべての単行本を手元に揃えていましたし、その中には「港の人」から刊行された二冊もありました。七回忌に出された猫好きには特別の『樹上の猫』と没後十五年に刊行された『光が射してくる』です。前者の付録CDでは「口跡」について語り「墓地の人」を朗読する詩人の声を聞くことができます。お会いすることのなかった北村太郎さんは、ぼくにとって、穏やかで懐かしい人であり、外向きに語りたくない存在でした。対するのは、同じくお会いできなかった田村隆一さんであり、その一周忌・七回忌・一三回忌に託けて鎌倉を三度ばかり歩き回っていました。

席上、一三回忌（二〇一〇年）に稲村ヶ崎の旧居から月影の地蔵堂を回って極楽寺へ出たことなどを口にすると、里舘さんの眼は輝きを増し（と思われたのですが）出てきた話には幾度か吃驚させられました。また、心地よい酔いも手伝ってのことでしょう、大窪さんが「ところで岡田さん、第二詩集は？」と、自分では決して触れることのできない話題に水を向けられたのです。

その日から一年三ヶ月経ってようやく原稿がまとまりました。実際に編集の風が吹いたのはお盆から秋の彼岸までの短い期間でしたが、思えば数年来、心底に一冊の詩集を沈めるようにして日を過ごしてきたようです。

　取捨と選別の中で章題が決まり全六章を編み終えて、さて、それを一つに包む装画を想い浮かべたとき、フリードリヒの「海辺の僧」が見えてきました。二一歳、若さの極がそのまま生のどん底でもあった危機のさなかで出合い、大学図書館での机上には折々色の悪い画集が開き置かれていました。

　地水火風、荒寥たる空と海と巖、青と緑を主調色に重く深く現れた神秘。それを風招く装幀へと変じてくださった西田優子さんと、言葉たちを一冊の本の形に実現してくださった里舘勇治さんに感謝いたします。


　大厄祓いの私家版処女詩集は謂わば遅れての青春詩集でした。今また還暦を前に詩集を出すことの意味を自問するとき身動きならず鏡の前の蝦蟇同然です。

　記した方々のみならず、生きて近しいあなたにお礼申し上げます。そうして、死者たち、会うことのなかった東西の詩人文人たち、地上にて身近に暮らした今は死者たちに感謝と握手を送ります。

二〇一五年一月三一日

著者識

岡田　隆◎おかだ たかし
昭和三二年（一九五七）一月三一日生
ドイツ文学専攻
詩集「ないものねだり」一九九八年
詩誌「シュリンプ」編集同人　二〇〇二～二〇一四年
〔現住所〕七四七-〇〇五二山口県防府市開出二四-一八-二

風招 *kazaogi*

二〇一五年三月二十日　初版第一刷発行
著　者　岡田　隆
装　幀　西田優子
発行者　里舘勇治
発　行　港の人
神奈川県鎌倉市由比ガ浜三－一一－四九
〒二四八－〇〇一四
電話〇四六七（六〇）一三七四
ファックス〇四六七（六〇）一三七五
http://www.minatonohito.jp
印刷製本　シナノ印刷
ISBN978-4-89629-292-3